시와 수필과 생각

시_와 수_{필과} 생_각

Mr. K 지음

목차

서문(잡담)

어릴 적 뛰놀던 골목길에 길게 늘어진 좁다란 하천이 하나 있었다. 우리 어릴 적에는 '개천에서 용 났다'는 이야기가 있었다. 사법고시에 붙거나 명문대를 가면 소원이 성취되곤 했다. 개천에서 용 난다는 그런 소망은 아직도 불우한 이웃들에게는 한줄기 생명의 끈 역할을 하고 있다. 학벌 사회, 인맥, 연줄 이런 것들은 지금도 존재하며 살아가는 데 주요한 역할을 하고 있다.

어느 순간 '된장녀'라는 말이 나오더니 국제 결혼이 성행했다. 나에게도 국제 결혼 제의가 있었으나 하지 않았고 나중에는 답답해서 내 손으로 국제 결혼 사이트를 검색해보기도 했었다. 그리고 금수저 흙수저라는 말이 떠돌았다. 유행어가 참 많이 만들어지면서 우리의 시선을 끌었다. 그리고 얼마 전에 대한민국이 선진국 대열에 들어섰다는 보도를 보았다. 주변 사람들과 의사소통을 해보니 '아직은 아니다'는 말이 많았으나 조금 더 시간이 흘러 지금 생각해보니 선진국 대열에 들어선 느낌이다.

코로나로 인해서 처음에는 대수롭지 않게 생각하다가 나중에는 무서운 느낌 그리고 더 나아가서는 내 인생을 답답하게 만들었다. 코로나가 빨리 종식되었으면 한다. 영원히 지구에서 나갔으면 좋겠다. 지금은 우크라이나와 러시아가 전쟁 중이다. 물가는 치솟고 월급은 오르지 않아서 힘들다.

어릴 적 초등학교 생활은 조금 어두웠다. 그때가 80년대라 한 반에 60명이 콩나물시루처럼 앉아서 선생님이 들어오시면 경건하게 수업을 들어야 했던 시절이다. 그때 숙제를 하지 않으면 긴 자로 손바닥을 따끔하게 때리셨다. 그래도 그때는 선생님이 신경을 써주셔서 감사하게 생각한다. 고등학생 때까지 수업 분위기는 대체로 거시기했는데 나는 고향을 벗어나고 싶었다. 그래서 대학은 조금 떨어진 타지로 갔었다.

1학년 1학기 때는 비둘기호 기차를 타고 통학을 하고 2학기 때는 대학교 기숙사에서 지냈다. 대학 생활은 롤러코스터를 타듯이 엄청난 기쁨과 슬픔이 엇갈렸다. 어떤 조직이나 모임에 속해 있는 건 소속감 안정감을 준다. 나 또한 그랬다. 하지만 이 또한 엄청난 스트레스이기도 하다. 대학에서 과 생활과 동아리 활동을 동시에 했는데 소속감으로 인한 스트레스로 몸이 말라갔다. 피골이 상접하는 지경까지 간 것이다. 자퇴나 휴학계를 내면 조금 패배자 느낌이 있어서 죽기 살기로 졸업을 했다.

나는 인터넷 1세대다. 채팅을 처음하고 수많은 무료 채팅방에 들어가면서 임시 아이디를 사용하고 그러면서도 방에 입장하면 정중하게 인사했다. 그 당시 채팅을 정중한 만남의 방으로 인식했던 것이다. 물론 그러다가 자유로운 영혼이 되었지만…….

동아리 회식 때 자주 가는 가게가 있었는데 술은 항상 소주였다. 내가 술을 별로 좋아하지 않아서 소주든 맥주든 상관없었지만 갈 때마다 소주가 나왔다. 맥주가 나온 적은 졸업할 때 갔던 큰 가게가 처음이었던 것 같다.

초등학교부터 대학교까지의 생활은 전체적으로 암울하지 않았나 하는 생각이 든다. 왜냐하면, 내가 공부를 좋아하지 않았기 때문이다. 그냥 성실히 공부한 적도 있지만, 공부 자체를 좋아하지는 않았다. 따져보면 학창 시절은 아마 공부를 좋아했던 사람이 즐겁게 보냈을 것이다.

1997년도에 IMF 사태가 터지고 나는 1999년도에 졸업했다. "해방이다!" 졸업은 마치 해방처럼 다가왔다. 대학은 졸업했지만, 취직 공부를 하지 않은 나는 얼마 지나지 않아 백수가 되었다. 내 인생의 가장 황금기가 찾아온 것이다. 돈도 없고, 친구 관계도 단절되고, 어머니의 잔소리가 끝없이 이어졌다. 그러나 이런 것들은 나의 행복에 아무 영향을 미치지 않았다. 그래, 난 백수 체질이었던 것이다. 실컷 자고 일어나서 밥 먹고 채팅하고 산책하며, 때로는 잠시 타지로 바람도 쐬고 행복했었다. 물론 아르바이트 자리도 알아보고 부끄럽기도 했지만 내 인생에서 그때만큼 마음이 편했던 적은 없는 것 같다.

직장에 들어간 후 동료들과 싱가포르에 간 적이 있는데 숙박하러 호텔에 들어갔을 때 잠깐 의아해했다. 한국에서 호텔이라면 안내데스크에 친절한 미녀가 있을 터인데, 싱가포르에는 피부색이 진하고 배가 나온 여성분이 퉁명하고 권위 있게 손님들을 대하는 태도에 잠깐 놀랐다. 조금 아래로 보는 느낌? 하여튼 친절하지 않았다.

나는 경제적 관념이 좋지 않아 돈의 흐름에 대해서 잘 모르지만, 가상화폐에 잠깐 투자한 적이 있어 돈을 조금 잃었다. 내 생각에 가상화폐는 주식 흉내를 낸 신종 노름이라는 생각이 든다. 가상화폐를 하는 순수한 목적은 돈을 따기 위해서다. 투자라고 하는 사람들도 있지만 내 보기엔 돈을 그저 먹으려는 것 같다.

나는 지방에 산다. 서울을 동경하지만 갈 수 없다. 집도 직장도 친구도 부모님도 모두 여기에 있다. 그래, 능력이 없어 못 간다. 지방에서 태어나 지방에서 살아야 하는 비운의 운명을 가지고 태어났다. 예전에 가끔 텔레비전에서 "나는 산전수전 다 겪었다." 하고 얼굴을 부르르 떠는 아저씨 아주머니를 가끔 보았다.

글쎄, 나는 산전수전은 겪지 못했으나 정신적으로는 천당과 지옥을 오갔다. 직장 생활을 하면서 40대를 보내니 자연히 오더

라. 생활하다 보면 떡 하나 더 주고 싶은 사람이 생기는 법이다. 작은 물건이나 말을 예쁘게 해서 챙겨주는 것이다. 그래서 가끔 오해도 챙겨주기도 한다. '나한테 관심 있는 걸까?' 하고 오해도 하는데 사회생활을 해보면 감이 온다. 그냥 친절, 약간 관심, 의미 없음, 관심이라도 선을 긋는 편이다.

초등학교 때 짝지가 여자 애였는데 그때는 길쭉한 책상 하나에 의자 두 개에 앉았다. 어느 날, 그 아이는 갑자기 책상 가운데에 선을 그으면서 넘어오지 말라고 통보했다. 나는 아무 말도 하지 않았다. 넘어간 적도 없는 책상에 선을 그어버리는 행동이 나를 떨떠름하게 만들었던 것이다. 지금 생각하면 '가끔은 선을 넘어주어야 인간관계가 편하지 않나?'라는 생각이 든다.

상경기

집에서 하릴없이 놀고 있다. 나이도 20대 중반을 넘어서 후반으로 가고 있는데 나는 아직 일자리가 없다. 가끔가다 어머니가 잔소리를 하시는데 오늘따라 잔소리를 듣자 울컥했다. "어머니, 저 서울에 가서 취직하겠습니다!" 하고 소리를 치고 당장이라도 상경하겠다고 몸부림을 쳤다. 결국, 부모님은 나에게 핸드폰과 돈 오십만 원을 주시며 가방에다 옷가지를 담아주신다. 그때가 1999년 여름이었다.

나는 기차를 타고 서울역에 도착했다. 벼룩시장을 보면서 신촌에 있는 저렴한 고시원에 들어갔다. 물론 나는 취직을 위해 고시원에 왔지만, 그곳에 공부하는 사람들은 못 보았다. 며칠 동안 바쁘게 서울의 여러 곳을 돌아다녔다. 옥장판 영업하는 곳, 고등학교 영어 테이프 텔레마케팅, 컴퓨터 아르바이트, 다단계 정수기 영업, 쭈쭈바 공장 등등 4년제 대학을 나와서 이런 일들을 알아본다는 것이 지금 생각하면 약간 한심하지만, 그때는 서울을 향한 동경과 나의 처지 때문에 부끄럽다고는 생각하지 않았다.

낮에는 일자리를 알아보고 밤이나 휴일에는 고시원 동기들과 어울렸다. 연예인 지망생, 부도내고 도망 온 아저씨, 아르바이트를 구하는 친구, 서울 구경하러 온 촌놈들, 이미 일 다니고 있는 아가씨 그리고 고시원을 대신 관리해주는 아주머니. 그때 교보문고에서 나오는데 앙드레 김이 걸어오는 것을 본 것이 기억에 남는다.

어느 날 고시원에 일용직 아저씨가 새로 들어왔다. 어떻게 하다가 그런 이야기가 나왔는지 모르지만, 염색체에 관해서 이야기하기 시작했는데 갑자기 말다툼이 커졌다. 순식간에 분위기가 이상하게 변했고 그날 밤부터 비가 내리더니 다음날에 비가 억수같이 쏟아진다.

서울이 싫다, 고향 냄새가 그립다. 나는 서울에서 한 달을 채우지 못하고 짐을 싸서 아침 기차를 탔다. 기차로 고향으로 내려오고 있는데 핸드폰에서 전화가 울린다. "어, 내려가셨나 보네요?" 하면서 고시원을 관리하는 아주머니가 따듯하게 말씀하신다. 열흘 치 남은 고시원비는 입금해줄 테니 계좌번호를 보내달라고 하신다. 사실 서울살이의 마지막에 실망감이 컸는데 이런 전화를 받으니 위로가 많이 되었다. 그 아주머니가 사실 나하고 별로 나이 차가 크지 않았다. '차'라도 한 잔 대접하고 싶은 마음이다.

꽃집 아가씨

내가 처음 그녀를 만난 건 20여 년 전이다. 대학을 졸업하고 고향으로 내려와 하릴없이 시간을 보내고 있을 때였다. 백수가 되고 나니 선후배 그리고 친구들과 연락이 닿지 않는다. 부끄러워서이다.

날이 좋은 봄날이었다. 나는 옷을 갖춰 입고 시내 공원 부지에 있는 도서관으로 와서 잠시 멍하게 있었다. 주머니를 뒤져보니 단기사병으로 복무할 때 또래 친구가 준 연락처가 눈에 밟힌다. 꽃집 명함이다. '아직도 꽃집을 하려나?' 하는 생각으로 공중전화로 가서 전화를 걸었다. 여자가 받는다. 친구는 예비군 훈련을 갔다는 것이다. 괜찮으면 잠깐 와도 된다는 그녀의 말에 나는 반색을 하며 친구가 운영하는 꽃집을 찾아갔다.

키가 크고 까무잡잡하고 또렷한 아가씨가 나를 쳐다본다. 친구와 함께 일하는 종업원이란다. 딱히 할 일이 없던 나를 자기 옆에 앉히고 꽃 다듬는 걸 도와달라고 한다. 실상 그녀는 나보다 나이가 어렸지만 우리는 금세 어색한 친구가 되었다. 나는 그녀가 궁금했다. 이름이 무엇이며 어디에 사는지 또 얼마나 일했는지 등등. 그녀의 손가락이 제법 야무지다. 여러 가지 상황상 숙맥이었던 나는 그녀가 좋아지기 시작했다. 그리고 이제 가야 할 시간이다. 친구를 만나러 왔는지 그녀를 만나러 왔는지 어색한 시간이 되고 나는 가야 했다. 그 후 다시는 그 꽃집을 찾지 않았다. 그리고 언젠가 시내를 걷다가 우연히 그녀와 한 무리가 걸어가는 것을 본 것 같은데 그녀인지 아닌지 의아했고 또 내 처지가 처지인지라 아는 척하지 못했다.

시간이 얼마나 흘렀을까. 비가 오고 눈이 오고 해가 뜨기를 수없이 반복한 후의 어느 날이었다. 직장에서 근무하고 있는데 첫인상이 마음에 드는 여자분이 신분증을 내보이며 나에게 서류를 떼달라고 요청했다. 그녀였다. 꽃집의 그녀인 것이다. 우린 그때의 그 날처럼 어느새 친해져서 이야기했다. 들어보니 결혼도 했고 아이도 있다는 것이다. 그동안 풍파가 있었지만 잘 지내고 있다는 그녀의 말을 들으니 안심이 된다. 처음 만났을 때는 친구였는데 이제는 가끔 '오빠'라고 불러준다. 지금은 꽃집에서 일하지 않지만, 나에게는 항상 꽃집 아가씨였다.

반인반마

진수는 공부하는 학생이다. 그러나 여느 평범한 학생은 아니다. 다른 학생들은 아르바이트를 하고, 즐거운 듯이 MT를 다니고 또 다른 애들은 캠퍼스의 낭만을 즐기느라 사소한 고통의 여유마저 없다. 그렇다, 진수는 고통을 느끼는 문제아인 것이다. 진수의 한쪽 얼굴은 해맑게 빛나며 눈이 서글서글하며 영락없는 엄친아다. 그리고 나머지 왼쪽 얼굴은 피부 색깔이 빨갛다. 흉물스럽다. 진수가 언제 화상을 입었는지 모른다. 그것이 중요한 게 아니라, 지금 진수의 모습이 반인반마라는 사실이 내가 이 글을 쓰는 이유인지 모르겠다. 진수는 성격이 좋아서일까? 아니면 능력이 있어서일까? 혼자 다니는 일이 거의 없다. 항상 그의 곁에는 친구들이 있고 또 주변에서 용기 내어 그를 보기라도 하면 장난기 어린 웃음을 지며 친구와 말을 나눈다.

　내가 그를 처음 본 것은 시내에 있는 유명 서점이었다. 2층에서 친구와 책을 고르고 있는데 그가 나타난 것이다. 그는 해맑은 모습으로 나를 보았다. 나의 시선이 그의 왼쪽 얼굴로 옮겨갔다. 반쪽 얼굴은 무섭게 나를 노려보고 있었다. 나는 고개를 돌렸다. 친구와 서점을 나오면서 나는 진수 이야기를 했다. "야, 저 녀석 이중인격 같지 않니? 왼쪽이랑 오른쪽이 너무 다르잖아. 관상 책에도 나오잖아." 친구는 아무런 말도 하지 않았고, 나는 말을 내뱉으면서 더더욱 내 생각을 굳게 다졌다. 내가 사실 진수에 대한 편견을 그렇게 빨리 가졌던 이유는 바로 나부터가 왼쪽과 오른쪽이 다르기 때문이었다. 물론 난 진수처럼 화상을 입지도 않았고 얼굴 상판의 좌우가 조금은 다르지만, 그런 정도는 아니었다. 내가 왼쪽과 오른쪽이 완전히 다른 것은 손금이었다.

초등학교 때였다. 수업시간 틈틈이 쉬는 시간마다 성격이 활달하고 공부를 잘하는 애들은 선생님이 앉아 계신 교단 옆 좌측 의자로 가서 선생님을 둘러쌌다. 그리고 나머지 친구들은 교실 밖으로 나가고 교실에는 선생님과 둘러싼 아이들 그리고 의자에 앉아서 선생님을 보고 있던 '나 자신'. 그리고 약간 어두운 듯한 교실에 창문으로 비추는 햇살 속에 나를 가끔 봐주시던 선생님의 모습이 아직도 기억이 난다. 난 항상 선생님을 둘러싼 아이들처럼 되고 싶었지만 단지 조용하게 살아왔다. 어릴 때부터 생일 파티를 한다며 친구들을 모으고, 부모님과 여행도 다니고, 야구 글로브와 배트를 사서 친구들을 모아 게임하고, 부모님의 자상

한 배려 속에서 학습지 공부까지 한 친구들을, 어른이 되어서도 결코 능가할 수 없다는 것을, 20살 대학생 때는 알지 못했다.

　교양 과목을 수강하기 위해 우리는 503호실로 이동했다. 교수님이 오시기까지 10여 분 남짓 남았다. 나는 자리에서 일어서서 여학생 중에 다소곳한 동기가 있는지 검색하려 의자 사이를 누비다가 수정이 앞에서 멈췄다. 껌 하나를 꺼내서 수정이에게 주었다. 그 이후로 난 다시는 강의실에서 좌로 우로 누구의 정수리를 위에서 내려다보지 않았다. 대학은 나에게 자유다. 흰 티에 청바지를 입고 '오늘은 무슨 재미있는 곳이 없나?', '오늘은 즐겁게 돈 쓸 데가 없나?' 하고 오늘만을 생각하며 하루하루를 보낸다.
　공부 같은 건 이제 우습다. '고등학교 때 공부 안 한 녀석들이나 대학 때 공부하는 거지, 뭐.' 하고 내심 스스로 위로했다. MT를 다녀온 이후로 며칠째 집을 나서지 않는다. 얼굴이 이상하다. 진물이 난다. 진수의 모습이 오버랩된다. 얼굴이 온통 울긋불긋 옴에 걸렸다. 며칠을 참았지만, 도저히 안 되어서 병원으로 갔다. 지금 생각하면 며칠을 왜 참았는지 이해가 안 되지만 얼굴이 흉악해질 때까지 참아서 내심 거울을 보고 싶었을지도 모른다.

　그 후로 찬 바람이 불고 다시 봄이 오고 여기는 지금 50사단

연병장이다. 그렇다. 난 단기사병, 다시 말하면 예전의 방위가 되기 위해서 훈련소에서 4주 동안 훈련을 받는 중이다. 훈련소에 대해서 말하고자 하면 하룻밤은 거뜬히 보낼 수 있지만, 그 중에서 꼭 하고 싶은 이야기가 있다. 오늘은 라면이 나오는 날이었다. 우리 내무반은 감기에 모두 걸렸다. 5월에 웬 감기냐고 묻지 마라. 하여튼 모두 걸렸으니까. 죄수들처럼 줄을 쭈욱 서서 내 차례가 되어 식판에 라면을 받고 먹기 시작했다. 처음 마음 같았으면 단번에 먹을 줄 알았으나, 기침에 걸린 상태에서 라면을 빨아들이는 게 좆나 힘든 일이라는 걸 알았다. 먹는 중에 조교가 "야, 씨발놈아! 빨리 처먹어!"라고 말했다. 그때 내 눈에 뭐가 맺힌 걸 잊을 수 없다. 밥 먹을 때는 개도 안 건드린다는 말이 왜 생겨났는지 깨닫는 순간이었다.

고향으로 내려와서 방위 아닌 단기사병 생활을 무사히 마치고 학교에 복학했다. 수많은 이야기로 내 원고를 점철할 수는 있지만 내가 원하는 이야기를 쓸 뿐이다. 땡볕이다. 신입생들이 웃으며 책을 손에 들고 캠퍼스를 거닌다. 우리 서클도 신입생을 받고 있었다. 바둑 서클이라 남자 신입생이 많이 가입한다. 그때 내가 신입생에게 그렇게 자연스럽게 반말을 했던 것을 지금 생각하면 놀라울 뿐이다. 캠퍼스의 힘이란 나 같은 사람도 뭔가 있어 보이게 만들었던 것이다. 하여튼 나는 과에서 적응을 못했다. 전공 과목에 대한 기본도 안 되어 있고 이딴 걸 왜 공부하는지 몰라서 강의만 끝나면 서클로 향했다. 오늘은 후배 종진이와 식당에서 밥을 먹었다. 난 내가 왜 서클에서 아무 직책이 없는지 알아듣기 쉽게 암시하며 감정을 토해냈다. 난 과에서는 조용한 사람이었고 서클에서는 시끄러운 사람이었다. 난 시끄러운 사람이 내 본 모습이라는 데에 추호도 의심하지 않았다. 원래 모습이 적절한 환경에서 자연스럽게 나온다는 그런 논리에 얽매여 있었던 것이다.

나는 자존심이 많이 상하기 시작했다. 허나 인생은 그리 만만치 않은걸. 앞으로도 계속될 험난한 인생길을 미리 볼 수 없는 그 무지하고 무식함이 나를 살아오게 했던 것이었다. 하여튼 나의 대학 생활은 욕망과 더러움 그리고 그 속에서 피어나려는 연꽃 같은 내 기개라고나 할까? 그렇다. 일그러지고 더러운 연꽃을 피우고 내 대학 생활은 끝났다.

나에겐 휴식이 필요했다. 대학 졸업은 마치 정년퇴직처럼 다가왔다. 난 20대였으나 60대 백수처럼 지냈다. 친구들과 후배들의 연락처가 끊기고 선배들은 나를 찾지 않았다. 불쌍한 사람이 된 것이다. 돌이켜보면 난 나름대로 최선의 삶을 살았는데 나의 말로는 처참할 뿐이었다. 이것밖에 안 되는 내 삶을 아무도 용서해주지 않은 것이다. 가끔 누군가가 부르짖었던, 절규했던 그 말이 생각난다. "난 최선을 다했어. 내 삶을 봉사했어. 하지만 나에게 돌아온 것은 무엇이냐고!" 그래, 내가 바로 묻고 싶은 것이었다. 세상은 못난 사람에게는 너무나 잔인하고 현실적이고 잘난 사람에게는 꿈의 세계가 펼쳐지는 곳이다.

　삐거덕 문을 열고 집을 나온다. 집을 나와 골목길을 걷다 보면 동네 아이들이 가끔 15m쯤에서 나를 가만히 쳐다본다. 요즘 들어서는 아이들이 하루가 다르게 키가 크는 것 같다. 그럼 나도 몇 초 정도 보다가 고개를 돌린다. 그리고 생각해본다. 그래, 과정일 뿐이야. 번데기도 나비가 되잖아…….

찬바람 타고

찬바람 타고

후덜덜 날아올라

달님 위에 앉아보니

높기도 높아

아래에 그녀가 보이질 않는구나

달아 달아

내려가자꾸나

내려가서 내 임 볼 수 있게 해다오

에헤라 한 손에 찬바람 부여잡고

한 발을 달님에 걸친 채

남아대장부나 되어보자

아래서 그녀가

나를 보고 있을지 몰라

콜록 콜록 내 기침 소리가

산천을 떨게 하리라

임아 임아

너를 보려

후덜덜덜 달님까지 올랐는데

나는 너를 못 보고 임은 그저 무정하구나.

파란색이었다네

하늘엔 비가 내리고

내 눈엔 눈물이 어리고

시간은 너를 저편으로 데려가버렸다

그래, 사랑은 여름날 구름처럼 갑자기 다가왔고

흠뻑 젖은 채로 우리는 돌아서야 했지

강물이 푸르다고 누가 말했나

하늘이 푸르다고 누가 말했나

우리 사랑은 깨끗한 푸른색이었네

저 바다 위 돛단배가 우리의 사랑인가

아스라히 멀어져 가는 것이 우리의 사랑과 닮았네.

춘향이와 몽룡

아래로 흘러내린 옷자락

눈물로 잡은 손

가시려거든 가시려거든

내 마음도 데려가주오

까만 빛 내려와

임의 얼굴 유난히 어둡구나(춘향).

두둥실

구름 타고 올라

아래 세상은 잊고 싶어

두 손 잡아 맺은 맹세

바람 따라 서(西)로 갔나

나무 아래에 핀

雲雨의 情

할미꽃만 흐드러지네(이 도령).

어제인 듯 봄날

지고 피는 것이 인생이런가

꽃피고 나비 날던 봄날에

꿈도 많았는데

어느 가을 서리에

목을 늘이고 울었네

찬 서리 견디며

끙끙이며 맞이한 봄

봄은 새봄인데 어제인 듯 익숙하네.

봄날

귀밑 서리가 늘어
쭈뼛쭈뼛 가지를 내민다

봄날 맑았던 사람들
가을이 되고 겨울이 되어

친구 녀석이 게슴츠레 웃는다
나도 웃는다

아지랑이 올라오던 사월이
눈에 밟히는데

추위에 선웃음을 짓는다.

그녀의 웃음

고개를 든다

나는 너를 보고 있다

방긋하고 웃는 너의 모습은

나를 홀리고

너의 웃음이 사라지기 전에

돌아서야 한다

너는 영원하니까

하늘 아래 내가 있다는 것을 느낄 때

그때가 좋았다.

시

역시, 詩라는 것은

감수성에 젖어 있을 때

한 올씩 뽑아 올리는 것

한 잔 취하지 않은

제정신엔

마음도 거칠어서

너라는 녀석이 참

내 인생이란 무엇이기에

이토록

꿈에 젖어 살았는가

내 삶이 한 줌의 설탕이 되어

소금이 되어

너에게

단맛 짠맛

줄 수 있다면

헛되지 않았다고

내 비록

느끼지 못해도

그대에게

느낌이 되었다면

사랑이었다고 전해다오.

어느 여름날

어느새 시원한 바람이 부는 가을이 그리워집니다!

땀송이 맺힌 얼굴과도 안녕하고 싶은 밤

바람에 깎이고 삵은 내 모습은

아직도 여전히 뜨거운 기운을 뿜어내고

힌트도 주지 않는 미래는

단지 뚜벅뚜벅 걸어만 가야 하는가

사람이 싫어지는 날일수록

사람이 보고 싶다

이리 오너라~ 내 사랑아~

저리 보아도 내 사랑~ 요리 보아도 내 사랑~

달 밝은 밤을 너에게 선물하고 싶다

하얀 꽃이 흐드러지게 핀

풀밭떼기를 너에게 안겨주고 싶다

새소리가 들리고

달빛이 옷자락에 스치거든

살며시 웃어주겠니

밀려온다 밀려온다

로맨스의 감정이 밀려온다

이 밤 나는 로맨스의 강을 건넌다

새벽 별빛이

반짝이는 그 조각배는

청춘을 싣고 가네.

괴산

하늘에 맞닿은 봉우리
광채마저 나는데
나는 아직 결정을 못 했다
올라야 하는지 마는지

너를 앞에 두고
등을 돌릴 수가 없다
아름다운 너를 외면하는 것은
죄를 짓는 거 같아

나는 한동안 바보가 되어 여기 서 있다.

아버지

아버지는 오랜 친구처럼 나에게 다가오셨다
그래서 그 순간 나는 아빠의 친구가 되었다

웃으실 때는 좋았고
화내실 때는 안쓰러웠다

내 귀에 서릿발이 하나씩 늘어가더니
이제는 하얗게 되었네

저, 아버지 닮아갑니다.

어른

내가 어릴 때는 힘이 들지 않았다

아니, 힘들다는 생각이 떠오르지 않았다

어느 순간 삶이 힘들다는 생각을 했다

고가다리를 걸으면서 밑을 내려다보았다

어른이 저절로 되어버린 것 같다

그러니 그때부터 힘들었다

삶은 공평한가 보다

어린 나에게도 그분이 왔으니 말이다.

매실청 담그기

 작년 여름이었다. 앞집 친구 녀석이 매실청을 담갔다는 것이다. 그래서 장하다 싶어 "와!" 하고 감탄사를 내뱉으면서 나에게도 한 병을 달라고 주문했다. 그러나 시간이 흘러도 매실을 갖다주지 않는다.

 작년이 가고 올해 여름이 되어 내가 직접 매실청을 담가야겠다고 생각하고 인터넷을 보면서 방법을 익히게 되었다.
 매실청은 담은 지 보통 1년이 지나야 먹을 수 있다는 것을 알게 되었다. 마침 얼마 전에 친구 녀석이 매실청 한 병을 들고 우리 집을 방문했다.

 나는 너스레를 떨었다. "야, 매실청은 담근 지 일 년은 지나야 먹을 수 있다던데, 왜 가져왔니?" 하고 말하니 벌써 일 년이 되었다면서 나에게 한 병을 준다.

여름이라 그런지, 맛있어서 그런지 한 병을 뚝딱 말아 먹은 후, 미니 장독을 샀다. 황설탕도 사고 인터넷에서 매실을 주문했다. 요즘은 매실을 씻고 쪼개서 판매하는 곳도 있었다.

항아리에 설탕 넣고, 매실 넣고, 설탕 넣고, 매실 넣고 밀봉한 다음, 며칠 사이로 뚜껑을 열고 휘휘 저어주고 있다.

혼자 살면서 내가 매실청을 담글 줄은 몰랐다. 곰팡이가 생길 수도 있으며, 날파리가 급습할지도 모른다. 100일 정도 그늘진 곳에서 숙성한 후, 건더기를 빼고 김치냉장고에서 보관하고 그렇게 일 년이 지나면 먹으라는 것이다.

일 년을 기다려야 먹을 수 있다는 것에 묘한 느낌이 든다. 시장에서는 마음만 먹으면 금방 구할 수 있는데 말이다. 정성이라는 것이 무엇인지 다시 생각해본다.

사주 이야기

내가 사주에 처음 관심을 두게 된 시기는 대학생 때였다. 그 당시 몸이 안 좋았던 나는 손금이나 혈액형 책을 주로 보았는데 대학교 도서관에 일본인 저자가 쓴 혈액형에 관한 이야기를 두어 번 정독했다. 그리고 사주라는 것은 그냥 '갑, 을, 병, 정, 무, 기, 병, 신, 임, 계'를 아는 정도로 맛만 보고 접촉을 했다.

그 후 본격적으로 사주에 흥미를 두고 책을 열심히 본 것은 직장인이 된 후 사십쯤부터다. 지금은 절판된 《운명의 시계》란 책을 들고 열심히 나의 운명을 알고자 했다. 소심하면서도 사회 경험이 별로 없는 나로서는 내 운명을 어디다 물어볼 데도 없으니 책을 통해서라도 알고 싶었다.

생년월일과 시간을 통해서 나의 본성과 개성을 알고, 언제 운이 좋아지거나 나빠지는지, 언제쯤 나는 행복해질 수 있는지 이런 것들을 알고 싶었다.

지금은 취미로 하고 있지만 그 당시로는 상당히 나름 열심이었다. 나는 소위 사주로 일진을 보지 않는다. 그냥 열심히 사는 편이다. 운도 보지 않는다. 사주 공부를 어느 정도 하다 보면 체념의 시간이 오는데, 오히려 체념의 시간이 온다는 것은 운이 좋아진다는 뜻도 있다.

　무소식이 희소식이라는 말처럼, 사주에 흥미가 떨어질 때가 운이 좋아지는 시기다.

바둑

바둑 하면 생각나는 사람은 AI를 이긴 이세돌일 것이다. 하지만 바둑에 조금 관심이 있다면 알 것이다.

예전에는 조훈현, 서봉수, 유창혁, 이창호, 이세돌이 인기였지만 요즘에는 신진서가 잘 나간다. 일본에는 조치훈도 있다. 그러나 바둑 고수라고 해서 인품이 훌륭한 건 아니다. 다리를 달달 떨면서 바둑을 두는 사람도 있고 바둑알을 놓을 때 선을 애매하게 놓는 사람도 있으며 이기는 데만 몰두하는 고수도 있다.

내가 바둑 동아리에 다닐 때 선배에게 한 가지 어리석은 질문을 했다.

"선배님, 급수가 높아지면 인격도 높아집니까?"

선배는 잠시 고민하는 기색이 역력하더니 별로 그런 것 같지는 않다고 말씀해주셨다. 프로의 세계에서는 이겨야만 돈이 되고, 생활이 되고, 명예가 되고, 배울 것이 있지만 아마추어들의 바둑에서는 꼭 그렇지 않다. 예의를 지키며 수담을 나누고 어울리는 데에 더 큰 목적이 있다.

바둑 두는 사람 중 호락호락한 경우는 거의 없다. 나는 바둑을 취미로 조금 두었지만 기원에는 거의 가지 않았는데, 어쩌다 갔을 때 동네 할아버지들이 실눈 뜨고 나를 쳐다보는 것에 움찔했던 기억이 난다. 고수도 아닌데 왜 보았을까? 호구인지 아닌지 판별 작업을 하는 거 같았다.

세상 물정

어느 날이었다. 아는 형이 주말에 야구를 보러 가자고 전화했다. 코로나가 터지기 훨씬 전이었고 우리 둘 다 총각인지라 마음 놓고 대구로 삼성을 응원하러 갔다.

솔직히 말하면 야구 경기보다는 쉬는 시간에 터지는 응원이며 먹을 것이 지금도 기억에 남는다. 응원하는 느낌과 광경, 키스 장면, 분위기, 환호성, 젊음의 느낌……

그리고 많은 세월이 흘러 코로나도 터지고, 코피도 나고, 유튜브에서 야구 경기를 요약해서 보여주는데 특정 선수들의 활약만 이야기하고 있다. 아, 저마다 중요시하는 게 다른데…….

할렐루야~

종교

결론부터 말하자면 나는 무교다. 하지만 졸업한 고등학교가 미션스쿨(Mission School)* 이었으며 불교에 대해서 긍정적이다. 기독교 윤리를 조금은 알고 있으며 불교도 나름 이해한다. 비록 종교에 빠지지 않았으나 종교가 대단한 것이라고 생각해 왔다. 예수, 석가, 공자, 소크라테스가 4대 성인인데 이 사람들이 종교와 관계가 있는 것 같다.

나름 혹독한 성장기를 보내고 나니 믿을 건 나밖에 없다고 생각했고 부모님이 도와주시면 고맙게 받아들이는 정도다. 솔직히 나는 종교의 힘이 영원하리라 생각했는데, 요즘 젊은 세대는 종교에 대해서 우리 세대가 느꼈던 그런 집착 같은 게 많이 없어진 듯하다. 그 덕에 나도 이상향에 대해서 조금 미련을 버리고 현실을 마주할 수 있게 되었다.

* 선교를 목적으로 설립한 학교

등산

지금은 등산을 가지 않지만 산은 좋아한다. 그래도 20대 때는 친구들이 가자고 하면 그냥 따라나섰다. 등산하다 보면 항상 반복되는 점이 있다. 바로 산이 아름답고 가파르고, 숨쉬기 곤란하고, 앉아서 쉬어가며 마지막으로 '위계질서'가 생긴다는 것이다.

평소에는 그렇지 않더라도 서너 명 이상이 함께 산에 들어서는 순간 리더가 생기고 팀원이 생긴다. 사실 나는 이런 것을 좋아하지 않아서 맑은 공기를 포기하고 등산을 선호하지 않는다. 약간 흐트러진 그러면서도 단결력 있는 그런 분위기를 좋아하는데, 내가 느낀 등산은 그런 것이 아니었다.

비

초등학교를 파하고 집으로 오는 길에 비가 내렸다. 사실 그때 내가 일진은 아니었으나 조금 까진 부류에 속해 있었기에 나는 비를 맞으면서 찬찬히 생각했다. 똘똘이답게 어떻게 하면 비를 가장 적게 맞으면서 포음을 지키느냐가 최대 관건이었다.

'그래, 빨리 걸으나 늦게 걸으나 거리는 같으니 비는 똑같이 맞아. 침착하자.'

속으로 다짐했어도 조금은 빠르게 걸었는데 걸어갈수록 느낌이 이상했다. 그래도 당차게도 끝까지 뛰어가지는 않은 것 같아.

양산 아가씨

어느 날이었다. 시장 맞은편 길바닥에 앉아서 모래더미를 만
지며 놀고 있었다. 갑자기 내 시선이 돌아간다. 양산을 쓴 잘 차
려입은 누나가 걸어오는 것이다. '시골 시장터에 이렇게 품위
있는 누나가 왜 왔을까?' 누나는 힐끔 나를 보더니 지나쳐 갔다.

그대는 여름날 백꽃처럼 다가와서
슬쩍 나를 보았네
세상은 그대만 비추고

멈춰버린 시간 속에
그대의 발걸음 하나 내 마음 하나
양산 위로 흘러내리는 빛방울
내 가슴에 톡 하고 떨어지네

아멘, 할렐루야.

버려야 할 것

홀로 독립하면서 내 집의 물건을 스스로 사기 시작했다. 냉장고, TV, 세탁기 등등. 처음에는 기본적인 것만 샀고 검소하게 지내려 했다. 하지만, 혼자라는 외로움을 이기지 못하고 그것은 소비욕으로 이어졌다. 물론, 돈은 없었지만 할부가 있었다.

에어컨이 있었지만 가습기를 샀고, 잘 쓰지도 않는 식기세척기를 샀다. 그리고 여러 가지 사용하지 않는 전자제품이나 쓰지 않는 것은 당근에 내놓으라는 말들도 있었지만 아까워서 그러지 못하고 쌓아둔다.

내가 버려야 할 것은 허영심과 외로움이다. 그런데 이 둘은 가끔 나의 친구가 되어주니 버리기가 쉽지 않다.

직장인으로 산다는 것

　백수로 지내가다 처음으로 입사했을 때를 잊을 수 없다. '내가 이렇게 부족한 사람이었나?'라고 느낀 것이다.

　매일 일기 비슷한 메모를 남기며 열심히 살겠다는 노력과는 달리 직장 생활은 나에게 어려운 수학 문제처럼 다가왔다. 학교 다닐 때는 수업 진도가 어려우면 꾸벅꾸벅 졸기라도 할 수 있었지만, 근무가 어렵다고 돌아설 수는 없지 않은가?

　지금 생각해보면 콩인지 팥인지 모르고 열심히 살아온 것 같다. 사실, 콩이냐 팥이냐는 그렇게 중요하지 않다는 걸 겪고 난 다음 안 것이다.

복실이

　대학교에 재학 중일 때의 이야기다. 수업을 마치고 집에 오니 태어난 지 얼마 안 된 강아지가 우리 집에 오셨다.

　금세 장난기가 발동한 나는 강아지를 어루만지다가 조금 떨어져 앉아서 이리 오라고 손짓을 했다. 그러나 복실이는 손짓을 보고도 오지 않았다. 그때 약간 빈정이 상했는데 이 녀석이 워낙 순하고 충성심이 강해서 마음대로 해코지는 못하고 가끔 손바닥으로 이마를 '탁'하고 치면서 군기를 잡았다.

　복실이는 어머니와 동생을 잘 따랐고 아버지와 나를 보면 그저 의무감으로 꼬리를 흔드는 것 같았다. 왜 나를 많이 안 따랐는지는 지금도 의문이 들지만 개의 됨됨이가 훌륭했던 복실이를 지금도 좋아한다.

　복실이는 지금은 하늘나라로 갔다.

아파트

1980년대, 중학생 때 야간 자율 학습을 마치고 저 멀리 보이는 아파트 불빛을 바라보며 나도 저런 데에서 살고 싶다고 생각했었다.

"Dreams come ture."

그래, 소망은 이루어진다. 나는 지금 도심에서 조금 떨어진 아파트 작은 방에 앉아서 글을 쓰는 중이다.

어릴 때만 해도 아파트가 흔하지 않았다. 그런데 요즘은 너도 나도 아파트로 이사해서 오히려 주택에 사는 사람이 적을 지경이다.

"사람은 꿈을 가져야 한다."라는 말이 있다.

나는 그 뜻을 내 나름대로 해석했는데 그것은 사람답기 위해서는 꿈이 있어야 한다는 의미로 받아들였다.

지금 생각해보니 물론 그런 의미도 있겠지만 꿈을 가지다 보면 어느 시간이 지나고 보면 자연스럽게 꿈을 실현한다는 것을 체험적으로 알게 된 것이다.

"보이즈, 비 엠비셔스!"

영원한 건 없다

세상에는 영원한 것이 없다. 젊었을 때 사랑이 영원한 것 같았지만 나이가 드니 빛바랜 사진처럼 되고 말았다. 사랑이라는 것은 겉으로는 전면에 내세우는 모델과 같지만, 사실은 생활의 양념과 소금이라고 생각한다.

더운 날씨에 음식의 부패를 막기 위해 소금 간을 하는데, 사랑이라는 것은 우리의 일상생활을 건전하게 하는 그런 역할을 하는 것이다. 영원한 건 없지만 우리가 살아가는 동안이라도 세상은 아름다워야 한다. 나는 그렇게 생각해.

남의 권리를 빼앗는 것이 나쁜 것처럼
남의 의무를 빼앗는 것도 전혀 좋지 않다.

낚시

어느 날 친구를 따라 낚시를 갔다. 동네 저수지에서 미끼를 던져놓고 가만히 있는데 지켜보던 나는 짜증이 나고 말았다. 아니, 잡히지도 않는데 왜 이렇게 앉아 있는지. 해는 중천에 떠서 덥고 습한데 친구 녀석은 모자를 눌러쓴 채 가만히 찌를 지켜다보고 있다. 그때가 20대 초반이었는데 그 후로 나는 낚시라면 아주 질색이었다.

그리고 세월이 흘러 인터넷이 개통되고 네이버에 댓글이 달리고 소통이 되는 시대가 왔다. 지금은 기억이 잘나지 않지만, 글을 올리거나 댓글을 달 때 아이디로 로그인을 하지 않고 임시 아이디로 그냥 댓글을 쓰는 시절이 있었다.

심심해서 아니, 피로를 조금 풀고자 장난 글을 가끔 달았는데 지금 생각하니 그게 낚싯글이다. 낚싯글 하나에 1분 만에 조회수가 천 회를 넘어갔으니…….

때가 있는 법이다

사람은 기본적으로 생로병사의 길을 가지만 물이 차오르는 시기가 다르다. 어릴 때 성공하는 사람, 젊어서 성공하는 사람, 늙어서 편안한 사람 모두 다른 운명을 가지고 태어난 것이다.

우리가 어른들에게 가장 흔히 듣는 이야기는 "어릴 적 그 맛이 안 나네." 또는 "어머니가 해주신 그 맛입니다."라는 말씀이다. 옛날에 기분 좋았던 때를 생각하며 다시 해보지만, 그때 그 기분이 안 나는 경우가 많다.

공부도 때가 있는 법이다. 나이 들어서 돋보기 끼고 하는 공부도 좋지만 젊을 때의 그 열기를 어떻게 느껴보겠는가. 돈맛을 알아버리고 세상 물정이 보이는데 심신이 올곧게 정진하겠는가?
하지만, 늦었다고 슬퍼하지 말라. 사람마다 때가 다르고 물이 차오르는 시기가 다르니 지금이 적기일 수도 있다.

이발

　어느 주말이었다. 그 당시 주말만 되면 서울, 대전, 대구, 부산 찍고 지방으로 여행을 갔다. 자주 들르다 보니 코레일 직원이 나를 보며 안부를 묻는다.

　그날은 서울 용산구의 어느 스파에서 잠을 자기로 했다. 아침이 되어 푸석한 모습으로 스파 안의 이용원에서 머리를 잘라달라고 하고 앉았다. 아저씨가 머리를 좀 짧게 치시는 것 같았다. "어어?" 하는 사이에 내 머리는 스포츠보다 더 짧게 되어 있었다.

　아저씨에게 그만하라고는 말은 안 했지만, 점점 짧아지는 머리를 보며 심각해지는 내 표정을 보고서도 멈추지 않은 것이다.

　다행히 여름이라 시원하기는 하였다…….

나는 당신께 사랑을 원하지 않았어요

예전 노래 가사에 "오오오, 나는 당신께 사랑을 원하지 않았어요. 단지 내 곁에 머물러달라고 말했을 뿐인데."라는 구절이 있었다. 그 당시 나는 공감했으며 찌질하다고는 생각하지 않았다. 사람이란, 자유로운 영혼이다. 그 사람도 떠나고 싶으면 자기 행복을 찾아가야 하는 것이다.

조직을 순봉하는 사람들에게는 희생과 봉사로 이어져 있고 그렇게 사는 것이 숭고한 삶이다. 하지만, 자유로운 영혼은 모든 것을 버리고 갈 수도 있으며 심지어 바다를 건너 타국으로 가서 돌아오지 않는다.

인생에 정답은 없다고 한다.
단지, 내가 머무는 곳에서의 정답만 있을 뿐이다.

건강하게 살아야 한다

무엇에 몰두하게 되면 자칫 건강을 잃을 수도 있다. 공부를 열심히 한다든지, 사랑을 열심히 한다든지. 일을 하든 재밌게 놀든 너무 심하면 균형을 잃고 몸과 정신이 아프기도 한다. 살아오면서 누구나 한 번쯤은 이런 경험을 한다.

어른들이 허허 웃는 건 마음이 좋아서 그런 거다. 하지만 꼭 그런 이유는 아니라고 생각한다. 다부지게 젊은이와 한 판 붙고 싶지만, 정신적으로 육체적으로 힘에 겹기 때문이다. 웬만하면 웃으며 지나가지만 화가 나도 그렇게 싸우지는 않고 그냥 토라지는 경우가 많다.

한 번 실수는 누구나 할 수 있다. 그러나 똑같은 실수를 여러 번 하면 여러 사람에게 좋지 않은 일이 생긴다.

이웃을 사랑하는 사람이 되도록 노력해야겠다.

재활용

내가 아직 어렸을 때에는 쓰레기를 버릴 때 이것저것 섞어서 비닐봉지에 담아 내놓았다. 그러다가 종량제봉투(쓰레기봉투)라는 것이 생겼고 물론 거기도 여러 가지 꾹꾹 담아 눌러서 버렸다.

어느 날이었다. 재활용을 한다며 쓰레기를 분리 수거하게 되었다. 캔 따로 음식물 따로 일반쓰레기 플라스틱 등등. 신기하게도 나이 드신 어머니가 분리수거에 적극이셨다. 원래 이렇게 하는 게 맞다며. 물론 나도 분리수거를 하고 있다. 내가 먹다 버린 여러 가지가 재활용된다니 반가울 뿐이다.

나의 글도 누군가에게 재활용되기를 바란다.

책 속의 메모

　오늘 책꽂이에 있는 책 중에서 자주 보았던 책을 뒤적이다가
흰 종이에 검은 글씨로 쓰인 메모를 발견했다. "○○시 ○○구"
라는 주소와 함께 "장○○"라는 이름이 적혀 있다. 잠시 생각하
나 마나 예전에 인터넷에서 누군가와 이야기를 하다가 편지를
보내겠다고 주소를 옮겨 적은 뒤 책에 꽂아둔 것이다. 이십 년
도 더 된 이름이라 지금은 하나도 기억이 나지 않는다.

　우리 기억은 시간 속에 지워졌네

　너의 이름은 장○○

　나의 이름은 아모르

　세상 날아갈 것 같았던 그 젊음도

　빛바랜 종이에 남아서

　아무것도 아닌 아무 일도 아닌

　오늘 같은 삶으로 편하게 지내기 바란다.

아이러니

"수박 겉핥기"라는 말이 있다. 자세히 알지 못하고 겉으로 조금만 알면서 아는 체한다는 뜻이다. 사람을 사귈 때 진중하게 사귀는 스타일이 있고 대강의 장단점을 가려 사귀는 사람이 있다.

어릴 적 어른들이 무엇을 높게 평가할 때 "깊은 맛이 있다.", "진중하다."라고 말씀하시는 것을 가끔 보았다. 나는 사실 "산뜻하다."라는 말을 더욱더 좋아한다. 깊은 맛에 취하면 헤어나오지 못하고 항상 그리워하게 되는데, 산뜻한 느낌은 신선하고 자고 나면 금방 잊어버렸다가 다시 어느 순간 맞이하게 되면 또 기분이 좋아지는 것이다.

취향이겠지만 이제는 무언가에 그리 깊게 빠져들고 싶지 않다. 저 노스탤지어의 손수건처럼 흔들어버리고 싶다.

재미있게 살고 싶다

재미있다는 말과 즐겁다는 말은 다르다는 것을 언제부턴가 알게 되었다. 즐거운 것을 좋아하는 사람들이 있고 재미있는 것, 즉 흥미를 좋아하는 사람들이 있다.

나는 즐거운 데는 좀 어정쩡 하지만 재미있는 곳에서는 상당히 신이 난다. 즐거운 사람들을 보면 열등감을 느끼기도 하지만 내가 재미있을 때는 주변이 어떻게 돌아가는지도 관심이 없다. 아이러니하게도 내가 좋아하는 사람들은 '즐거운 생활'을 좋아한다.

자석의 N극과 S극처럼 우리는 그런 관계다.

나에게도

사람은 자기 위주로 살게 되어 있다. 삶의 본질은 존재라고 생각하기 때문이다. 가끔 자신을 던져서 희생하는 그런 분들이 있지만, 소심한 나로서는 나의 삶을 살고 존재하기에 급급하다. 젊은 청년들이 이렇게 사는 건 의미 없다고 외치며 일어설 때에도 그저 그렇게 내 삶을 지켰다.

돌이켜 생각해보면, 내가 그리 못난 사람이었나 싶기도 하고 나밖에 모르는 사람인가 하는 생각도 든다. 나는 살아야 했고 생계를 지키며 최소한의 삶을 지켜냈어야 했다.

나만의 삶을 살았지만, 세상은 공평하게 나에게도 똑같은 시련을 줬다는 걸 이제야 깨닫는다.

의미 없는 일

"그런 의미 없는 일을 할 바에야 가만히 있겠다." 이런 다짐들로 삶을 지탱했던 날들이 있었다. 지금 생각해보니 '의미 없는 일이란 아무것도 하지 않는 것이 아닐까?'라는 생각이 든다.

카페에서 친구를 만나 사소한 잡담을 하고 함께 걸으며 식당에서 함께 식사하는 것은 나에게 큰 의미가 있는 것은 아니다. 하지만 아무것도 하지 않는 것보다는 훨씬 나은 일이다. 그래, 아무것도 하지 않는 것보다 나쁜 것은 없다. 의미 있고 없음을 내 기준으로만 따지지 말자.

저, 미래에 있는 어떤 분이 보기에는 상당히 의미 있는 일일 수 있기 때문이다.

교육

가끔 "우리나라 교육이 문제다."라는 말이 들린다. 나는 한국에서 태어나서 한국에서 살고 있으므로 사실 체감이 잘 안 된다. 문제인지 아닌지.

하지만 학생들이 좀 더 자유로웠으면 한다. 조금은 더 진지했으면, 교과서가 전부가 아니었으면 좋겠다. 외국 학생들과의 교류도 많았으면 한다. 우리가 사는 땅이 우리에게 더 많은 기회를 주었으면 한다.

그랬으면 좋겠다.

공중전화

중학생이 되자 공중전화가 생겨나기 시작했다. 어느 날 야간 자습을 마치고 꼭 해보고자 했던 전화를 걸기 위해서 학교 근처 마트 옆의 공중전화기로 갔다.

어떤 누나가 전화를 걸고 있었는데 나는 뒤에서 조용히 기다리면서 손에 잔돈을 꼭 쥐었다. 그분은 전화하다가 이따금씩 나를 돌아보셨다. 그리고 전화를 다 했는가 싶더니 수화기를 올려서 끊지 않고 다시 한번 나를 보더니 들고 있던 수화기를 나에게 준다.

얼떨결에 수화기를 건네받았는데 공중전화 요금이 200원 정도 남아 있었다. 그분 잘 계시나 궁금하다.

인연

내가 활동하는 카페에서 댓글을 자주 달아주시는 분들이 있다. 여자분도 있고 남자분도 있다.

어느 날, 나는 깜짝 놀란다. '어? 나는 술을 못 마시는데, 나를 좋아하는 분 중에 술을 잘 마시는 분들이 있구나.' 사람은 직장이나 취미가 비슷해야 어울리기 쉬운데, 나랑 성격도 반대고, 마시는 음료수도 다른데 이분들은 몇 년째 나의 글에 댓글을 달아주시는구나.

인연이라고 생각한다.

살다 보면

살다 보면 조숙한 스타일이 있고 철이 늦게 드는 그런 분도 있다. 내 주변을 살펴보니 화가 났을 때 보이는 반응이 저마다 다르다. 소리를 지르는 사람, 주변을 살피는 사람, 아무 일 없다는 듯이 있는 사람 등 다양하다.

그나마 젊을 때는 다양한 사람들 때문에 스트레스를 받았다. "절이 싫으면 중이 떠나라."라는 말도 유행했었는데 요즘은 '내 인생은 내가 챙겨야 한다'는 걸 깨닫는다.

높은 데에 올라가면 아래를 내려다보는 법이다. 나이가 들면 산의 정상 부분에 가까이 가는데, "보이는 것은 많고 발 디딜 곳은 적다."

여름밤

퇴근하고 잠깐 선잠을 잤더니

다시 잠이 오지 않아 목덜미를 만져보니

땀이 흥건하다

다시 샤워를 할까

또 아침이 밝겠지

내가 밤과 함께 있는 것인지

밤이 나와 함께 하는 것인지

아침이 오면 알 것인가.

묻어가는 법

오래 전에 채팅을 했다. 서로의 이야기를 하다가 "나는 잘난 게 없어서 고민이야."라고 말하니 그 사람이 대뜸 '그럼 묻어가라'며 충고한다. 그때는 젊었으니까 나는 아직 왕성했으므로 무심코 넘겨버렸다.

그런데 살아보니, 나도 모르게 많이 묻어갔다.

연애

어떤 말로 사랑하는지 몰라서
표정을 어떻게 지어야 하는지 몰라서

시간이 그렇게 흘러갔다

나는 쉼 없이 여기로 오고
너는 세월 따라 흘러갔구나

어떻게 다가갈지
무슨 말을 해야 할지

이제, 코치를 해줘야 하는데
우습다, 하하하!

시와 수필과 생각

1판 1쇄 발행 2022년 8월 5일

지은이 Mr. K

그림 Miss. O   교정 윤혜원   편집 유별리
마케팅 박가영   총괄 신선미

펴낸곳 하움출판사   **펴낸이** 문현광

이메일 haum1000@naver.com   홈페이지 haum.kr
블로그 blog.naver.com/haum1007   인스타 @haum1007

ISBN 979-11-6440-196-3